버마 현대 시인 시선집

# 어느 침묵하는 영혼의 책

버마 현대 시인 시선집

# 어느 침묵하는 영혼의 책

마웅 타 노에·마웅 스완 이 엮음/임동확 옮김

문학들

차례

**따킨 꼬더 마잉(Thakhin Kodaw Hmaing)**

10 오지奧地의 결혼식

15 세 라 영을 기리며

18 희생자 묘역

**저지(Zowgyi)**

22 조지

23 이런 싸움

24 얼굴 없는 조지 인형

25 만달레이로 돌아와서

26 키잡이

28 히아신스 피어 있는 길 10

**민 뚜운(Min Thuwun)**

30 용기라는 것

31 모스키토 코일

32 달

33 삐인마 그루터기

34 수녀와 왕세자비

다공 따야(Dagon Taya)


36 카러만灣

43 어머니 상

46 불 꺼진 밤

48 오 세이지, 어떻게 된 일이지?


띤 모(Tin Moe)


51 난 여전히 어린애

53 조지 인형

55 모기들

57 시인의 꿈


마웅 스완 이(Maung Swam Yiy)


59 전지전능한 하느님께

62 버스 정류장에서

65 역사학자의 한 마디

66 까마귀들과 개 한 마리

**찌 아웅(Kyiy Aung)**

67 궁궐의 동쪽

70 어느 날 마침내

71 사랑의 시

72 네 개의 동상과 한 인간

**꼬 레이(Ko lay)**

74 겁먹다

76 축복의 아침

78 하얀 그리움

80 뱅골보리수

**마웅 띤 카잉(Maung Thin Khaing)**

83 기차는 떠나가고

87 여행배낭 속에서 하룻밤을

90 호퐁 장날

**조 삐인마나(Zaw Pyinmana)**

93 절정의 마흔 살에
94 내 머리칼이 희어진 이유
95 내가 샴페인을 마신 밤

**마웅 처 네(Maung Chaw Nwe)**

96 길모퉁이
97 음악
98 영화
99 집
100 잔잔한 행복
101 먹이의 길
102 물고기

**아웅 체임(Aung Cheimt)**

103 1975년 하늘 아래
106 좋아하는 시인 1
108 좋아하는 시인 6

**뚜카메이 라힝(Thukhamein Hlaing)**

110 문신 1

112 문신 2

113 연인

114 항구

**킨 아웅 에이(Khin Aung Aye)**

115 슬픔은 역사로 돌아온다

116 어느 침묵하는 영혼의 책

118 향기

120 어떤 외침

121 옮긴이의 말

따킨 꼬더 마잉(Thakhin Kodaw Hmaing, 1876~1964)

## 오지奧地의 결혼식

내 나라 오지에 지금껏 남아 있는 결혼식은,
좋은 전통의 하나로 결코 사라지지 않는데요.
옛날에 그랬던 것처럼 할머니가 내게 외양간을 주었죠.
꼬 민 야 우리 가문은 결코 만만하지 않아
넌 우리들 조상들이 누군지 물어봐도 될 나이야,
"내 손자를 위한 것이야" 어쩌구 말하면서 할아버진
옳거니, 나한테 어린 수소 두 마리를 주었죠.

그래요, 내 부모님은 부자이고요,
"어떤 일이 있더라도, 아낌없이 줄 거야"라고 말하곤 했지요.
정 못 믿겠다면, 사람들한테 물어 보실래요
아론과 그 인근 지역에서 유명인사이니까요.
몽요아, 케몬, 사웅우, 그 주변 지역들,

옥수수 행상들이 득실거리는 아론의 전체,
친척들과 멀고 가까운 지인들과 친구들 모두를
사업여행 중이던 아버지가 초청했고,
그럴 때마다 모두들 날 새워 놀다가곤 했지요.
몸에 두르는 체크무늬의 목화담요,
황마로 짠 스카프, 타월, 모기장,
고단한 노동을 요구하는 숲속의 농토,
약 7kg의 옥수수를 뿌릴 한 구획의 땅,
스무 바구니의 쌀을 생산할 수 있는 들판과 같은
오늘의 재산을 모으신 부모님들 덕분에
나, 꼬 민 야는 그야 물론 옛날에 그랬던 것처럼,
빚에 쪼들리진 않겠지요.

"길이 돌아들고 시냇물이 굽이쳐 흐르는
동쪽의 거기, 거친 농토에 자루를 풀어
씨뿌리네, 널 위해 어깨에 메고 온
양질의 가지와 칠리고추,
밀과 병아리콩, 마른 참깨와 옥수수,

목화와 오이, 호박과 멜론,
배추와 골이 있는 호리병박을,"
꼬 민 야, 널 늘 바쁘게 만드는 수많은 선물들;
아들을 용감한 자로 만들기 위해 늙으신 어머닌
길고 짧은 단검 하나를 선물했고,
신부 측의 사촌들은 두 개의 짤막한 피리들을
가져왔지.

다가오는 세대들에게도 뿌듯하며,
대만족시킬 항아리와 접시들, 그리고 오지그릇들을
난 타톤이나 내가 머물게 될 어느 곳에서든 보고 싶네
한 개의 질그릇 대야와 떠 마실 수 있는 스푼들,
하나의 빈랑나무 박스와 하나의 슬링 백,
그리고 도둑들의 소행과 폐구 역에서 일어난
비행들을.

야자 잎으로 짠 바구니를 내가 잃어버린 거기—
한 가정 꾸리기에 넉넉한,
남자들의 도열 속에 믿음직한 가족들,
결혼식 선물들이 수없이 놓여 있었네.

하지만 우리가 가난의 고통을 견디고
나쁜 인연을 헤치고 나가는 것처럼
—오, 위대한 실크 상인인 고 툰 라여,
내가 그 산골짜기의 위쪽에 있었을 때,
난 수탉싸움에 내기를 걸 생각조차 못했었지—
아직 나의 오랜 거점이었던 거기 오지에 있었을 때,
카 아저씨가 빚진 수백 짜트를 갚으란 요구에, 난 말했지.
좋아요, 고삐를 매려는 순간 고개를 마구 흔들어대던
잘 생기고 포동포동하며 생기에 넘친 쌍둥이 수소들을

사원 건설업자에게 넘겨버릴 테니,
그자가 주는 대로 받으세요, 따지지 말라구요,
그리구, 그걸로 충분치 않거든, 마 레이
마을 동쪽에 있는 농토를 팔아버리세요.

* 참고로 꼬 민 야, 고 툰 라, 마 레이 등은 버마에서 흔하게 만날 수 있는 이름들이다. [번역자 주]

# 세 라 영을 기리며

어느 대가가 작곡한 이 멜로디로
너희들만의 위안을 삼으라,
너희 생각들을 쾌활하고 신망 높은
도시 청년[1]시절로 돌린 것처럼.

그 도시의 중심부 우리가 왕실의 우산을
들어 올리는 동안, 세 라 영[2]으로 알려진
우 민 양은 이전의 전쟁 방식으로
그의 부하들을 조직하고 있었지

이 고결한 세계 속에서
그 절호의 순간을 붙잡지 못해
우린 버마인의 영광을
잃어갈 운명이었던가.

만달레이는 함락되고,
지도자들은 무자비해지고,
버마인이 버마인들과 싸웠지,

그리고 적을 적으로 여기지 않으면서도,
기꺼이 자신의 군대로 짓밟았지.
몹쓸 극소수 지도자이라니!

산언덕에 자리한 인적 끊긴 만마니,
가장 안전하다는 곳으로 도망간 어떤 이들은,
자신들의 지식을 밑천 삼아 망명도생을 꾀했지.
아마도 그건 운명이었을 거야.
떵딘 시 출신의 빛나는 명예의 주인공인
그가 영국을 쳐부수었지만.
승리하기 전에 체포되었던 것은.
그러한 결행을 하기엔 그들이 너무 점잖았다고 ,
네 기둥의 집이 줄지어 선 마을에서
그들의  머리가 동시에 참수됐지
산골짜기 출신의 승려인, 나의 문하생들이여,
참언구讖言句[3]로 네 스스로를 위로하여라.
만달레이의 흐릿한 해와 달빛 속
그가 이 땅을 다스리도록 일어서기 전,

어둠이 밀려왔고, 승리의 화환은 시들었다,

아웅 산의 할아버지, 세 라 영이여.

1) 버마에서 'Myo lulin'는 자신이 소속한 도시에서 열심히 활동하는 가운데 높은 신망을 쌓은 청년 남자를 가리킨다.

2) 본명이 우 민 양U Min Yaung인 세 라 영Shwe la Yaung은 일종의 호號로 '황금 달빛'이란 뜻을 갖고 있으며, 그는 아웅 산 장군의 증조부로서 영국의 지배를 반대한다는 이유로 참수당한 민족주의 지도자이다.

3) 영어로 된 원문에는 'verse prophecies'로 번역되어 있으나, 버마어로 '미래에 대한 예언이 담긴 속담이나 경구'라는 원뜻을 최대한 살려 '참언구讖言句'로 바꿔보았다. [이상 번역자 주]

# 희생자 묘역

독립기념궁에 작은 뾰족탑이
올라가기 전에, 승리의 연대기에 하나의
흠집이 생겼다. 영광은 시들어갔고. 어쩌면 아웅
산과
희생자들은 뜻하지 않는 결과를 부른
조급한 행동 때문에 죽었다. 난 그 국장國葬에서
그들을 공작기孔雀旗[1]로 덮어주길 원했어야 했다

난 슬픔을 억누르고 있다. 그들은 나의 문하생들이
었다.
나는 정신이 나간 채, 몹시 가슴 아파하며 운다. 증
오와
폭력이 바간에 남아 있었다. 알라웅시뚜 왕은 그의
손자에
의해 살해되었다. 강도들이 그의 왕궁을 약탈해갔
다.
거기에 많은 고통과 피흘림이 있었다.
수많은 버마 왕 가운데, 인와 왕조의 따른 왕은

왕의 후보자인 가신들의 도움을 받은

그의 아들에게 살해되었다. 수많은 사람들이 그때
죽었다.

또 다른 예인 민예 란따메익 왕은

그의 형 삐이 민에게 암살되었다.

소문에 의하면, 다마세티 왕의 재임기간 동안,

라마냐에선, 장군 따메인브란은 원혼에

물어 뜯겨 죽었다고 한다. 그들은 그렇게

꺼림칙한 다양한 방식으로 죽어나갔다.

수많은 왕궁이 있는 오지의 도시 가운데,

내가 가끔 그리워했던 만달레이,

민군은 폭력이 난무했으며, 왕족들은 살해되었다.

어떤 경우이든 마찬가지, 그 행동은 비열한 짓이라
고

나, 마잉과 문하생들은 사가잉에서 그렇게 생각한
바 있다.

그들은 사상과 행동 면에서 진정한 지도자들이었

다.

그들은 쌍둥이인 영국과 일본의 위협들을 격퇴했다.

그들은 우리의 공작 땅의 자주권을 되찾고,

그래서 따가웅 왕조의 연대기를 늘리는데 기여했다.

불독의 무리, 존경받을 수 없는 지도자들이,

점차 정신 나간 채 자기도취에 빠져 갔다.

어리석게도, 그들은 한 입에 처먹으려 들었다.

이것은 위풍당당한 독립 기념 시市를 조성하려고

소집한 의회에서 일어난 일이었다.

단번에 비천하게 된 운명을 견딜 수 없어,

그 지도자들은 고결한 땅을 향해 떠나갔다.

그건 우리들의 밤을 슬프게 하는 사건이었다.

법문Dhamma의 북소리가 버마 전역에 울려 퍼지고 있다.

이전보다 더욱 더, 국민들은 단합해야 한다.
깃발은 기념 묘지를 향해 기울어져 있었다.
난 새로운 각오로, 일곱 명의 사자死者가
영원히 잠든 묘지에 경의를 표하고자 한다.
버마인들이여 애도하라. 승리가 눈앞에 있을 때
사악한 이들의 어두운 그림자가 들이닥쳤다. 우리의 지도자들은
다공에서 강 아래로 표류해 갔다.
오, 독립기념 궁전의 작은 뾰족탑이
올라가기 전에, 시들어버린 승리의 꽃이여.
난 아웅 산 장군과 그 희생자들 죽음에 참담한 슬픔을 겪고 있노라.

1) 공작기the Peacock Flag는 버마 왕조 시대의 국기國旗로 1986년까지 사용. 참고로 춤추는 공작ka daung은 국기와 동전과 동전에 새겨져 있으며 버마 주권의 상징이다. 반면에 싸우는 공작은 버마 학생 연맹의 상징이다. 또한 양곤 대학 학생연맹이 발간하는 잡지의 이름이기도 한 '오우이Owei'는 공작의 소리call를 가리키기도 한다. [번역자 주]

저지(Zowgyi, 1907~1990)

# 조지[1)]

빨강 옷 걸친
조지 선생은
특별한 묘기라도 부릴 건가
어이구, 저런
잘난 체 도전장을 씨부렁대며
깊은 숲속에서 얼굴을 내밀곤
　　　　　　　오두방정이네

1) 조지Zogyi는 버마 민간전승에서 초인超人을 나타내는 인형의 일종으로 공중으로 날 수 있으며, 초자연적인 묘기를 보여준다.

# 이런 싸움[1)]

수은水銀의 달인[2)]은

기꺼이 그 요구를 들어주었으리라

하지만 조지가 아닌

난 절망하고 있다

1) 쉐다곤에서 피케팅 하던 남녀공학의 젊은 여학생 노트에 몇 자 적혀 있던 글귀. 그 때의 여학생은 루두 더 아마Ludu Daw Amar이다.

2) 어떤 경우 조지 인형은 수은이나 철을 잘 다루는 연금술사로 등장한다.

# 얼굴 없는 조지 인형

꼭두각시 무대극에서
지팡이를 쥔 조지가
얼마나 설치고 날뛰던지

고놈의 광대짓을 보면서
난 절망하고 있다

제 몸을 안 보이게 하는 것인
홀연 사라지기의 초절정의 마술

난 그 홀연 사라지기가 두렵구나
다음엔 네 마음마저 홀연 사라질까봐

# 만달레이로 돌아와서

만달레이에서 내가 돌아오자
조기 한[1], 어땠어? 라고
그들이 물어온 바 있다.

난 자부심이 강한 도시
만달레이의 과거를 그려보려 했고,
아주 오래된 황금궁전 안쪽에서
홀로, 빈둥거리면서
해질녘까지 하루 종일 따분했었다고
나는 대답한 적이 있다.

1) 조지 한Zawgyi Han은 필명인 조지Zawgyi와 실명實名인 텡 한Thein Han을 합성한 이름이다.

# 키잡이

황금빛 민운[1]의 기슭에서 흘러내린
강들의 제왕인 장엄한 이라[2]는
감돌며 흘러간다.
민운은 푸르게 빛나고
흰 이라와디 강,
잔물결 위에 떠 있는 갈색 카누와
한 개의 돛을 단 보트여.

고위인 선창[3]쪽으로 돌면서
넌 성스런 파고다 난카잉[4]이 있는
꼬더로 가는 것처럼 보이는구나
그러면서 다시 생각해보니
넌 다시 삐걱거리면서 황금빛
콕의 궁전[5]쪽을 향하고 있구나.
하지만 다시, 콕의 궁전 쪽을 포기하고
넌 너의 머리를
난카잉 기슭으로 향하고 있구나

콕의 궁전쪽으로 갈테면,
글쎄, 거기로 가보라구.
난카잉쪽으로 갈테면
글쎄, 그리로 가보라니까.

한 개의 돛을 단 보트 안,
아니랄까, 키잡이인
너야말로 사기꾼이구나.

1) 민운Minwun : 만달레이 서쪽, 이와라디 강 맞은편의 사가잉에 있는 산기슭.

2) 이라Irra : 이와라디 강의 준말.

3) 고웨인Gowein : 이와라디 동쪽 강둑 언덕에 있는 선창.

4) 난카잉Nankaing : 이와라디 서쪽 언덕에 있는 탑.

5) 콕Cock의 궁전 : 만달레이에서 수 마일 떨어진 이와라디 강 동쪽 강둑에 있는 몰락한 콕 왕조의 잔해와 탑들이 있다.

## 히아신스 피어 있는 길 10

갯벌 가에 피어 있는 푸르디푸른
히아신스가 물결에 떠오르다가
물결 따라 가라앉는다.

가라앉는 것은 수고 없이 되지 않는다.
코코넛은 조수와 떠다니며 반쯤 솟구쳐 있다.
하강과 표류. 코코넛은
히아신스 소녀를 은밀하게 건드린다.
아주 조금 건드리지만 소녀는 쉴 틈을 얻지 못한다
한순간에 물결 하나가 소녀를 뒤덮는다.
소녀는 밑으로 깔린 채 일어나지 못한다.
그리고 곧바로 물결 하나 굽이쳐 오더니 히아신스 소녀가
가까운 곳에서 떠오른다

떠오르는 것 역시 잠깐 사이의 틈도 허용하지 않는다
오리 떼가  큰 강의 지류에 나타난다.

백여 마리의 오리들과 외로운 한 송이 히아신스.

소녀는 난폭하게 떠밀리고 내쫓겨났지만

입술을 꼭 다문 채

자신만의 꽃을 피우고 있다.

민 뚜운(Min Thuwun, 1906~2004)

## 용기라는 것

이마에 머리띠, 마룻바닥에 드러누운 채
입주댕이로 퍼부어대는 험담
느슨하게 풀린 사롱[1], 축 처진 머리를 추켜세운
이가 들끓는 부스스한 머리칼
짝 째진 틈새로 실눈 뜬 눈꺼풀

바로 그 여자가
어느 순간 이웃과 싸움에
화가 나자 누웠다가 일어나,
그녀의 사롱을 들어올린다–
진짜 끔찍한 건–걸기만 한 입,
듣도 보도 못한 독설과 악담이
일곱 집 여덟 집 넘어서까지 들려온다

1) 사롱sarong : 말레이 반도 사람들이 허리에 감는 두르개.

# 모스키토 코일

전기가 늘 나가곤 하기에
우린 온갖 고통을 겪고 있다
모든 곳이 어둡다
안방이–어둡고
침실이–어둡고
부엌이–어둡고
대문 앞이–어둡다

어둠 속에 조그맣게 붉은 물체라니!
놀라서, 내가 봤을 때
그건 우리가 읽고 쓸 수 있도록
타오르고 있는 모스키토 코일
하지만 우린 지금 바로 쓸 수 없는
그 작은 코일에 연민을 느낀다
어둠 속에서 서민들의 아들인
작은 모스키토 코일은 영웅이다

# 달[1)]

층층이 쌓인 구름의 끝자락
산뜻하고 포근한 은빛의 달
토타Thota[2)]가 환하게 빛나고 있다

빛나건 말건 그건 오래 바랐던 일
온 세상 기쁨을 가져온 것이자
모든 이들의 부모인 은빛의 달이여

그러나
먹구름이 기회를 노리다가
덜컥 그걸 삼켜 버리곤 빠르게 지나가니
더 이상 이 지구상이 즐겁지 않구나.

1) 아웅 산 장군의 사망 1주기에 쓴 추모시.

2) 토타Thota는 고대의 죽은 자들의 세계인 발Varl에서 육식을 하는 생명체. [번역자 주]

# 삐인마 그루터기

울퉁불퉁한 옹이투성이인, 늙은 삐인마 그루터기
가
산 위의 한 마리 독수리처럼 앉아 있다.
흰개미들이 버려진 트렁크 안에 둥지를 틀고
붉은 곰팡이병이 궤양이 걸린 줄기에 붙어 있다
산등성이 옆 갈라진 틈에 파묻힌 움푹 파인 헬멧은
여기가 전쟁터였다는 걸 보여주고 있다
전쟁으로 파괴됐고,
칼날의 공격을 받았으며,
햇볕에 반쯤 죽어갔던,
늙은 삐인마 그루터기는
폭풍에 굴복하지 않는다
여름이 다시 묵은 잎새에 다가왔을 때
줄기에서 싹 튼 새잎이 나온다
용기 있고 씩씩한 삐인마 그루터기는 바람 속에서
청년다운 아름다움의 표정을 짓고 있다.

# 수녀와 왕세자비

늙은 수녀 테레사와
젊은 왕세자비 다이아나를
세상 사람들은
받들고 섬기네
세상을 위해 휴식 없이
봉사하기에 그들을 섬기네
죽음에 임박한 빈민들과
죽음에 임박한 환자들에게
그분들은 큰 사랑과
깊은 연민의 정을 보여주네
그분들은 가장 가난하고
아픈 이들 가운데로 걸어가며
도움의 손길을 내미네
위대한 그분들의 사랑이여
위대한 그분들의 동정심이여
지금 우린 그 두 분을
사두Sadhu[1)]라 부르려 하네
우린 그분들께 자애metta[2)]의 인사를 전하고자 하네.

1) 사두Sadhu는 산스크리트와 빠알리어 용어로는 요가의 실천자, 힌두어로 승려나 구도자를 의미한다.

2) 초기 경전의 언어인 빠알리어에서 메타metta는 조건 없이 마음을 열고, 모든 걸 깨닫는 자애loving-kindness를 뜻한다. [이상 번역자 주]

다공 따야(Dagon Taya, 1919~)

# 카러만灣

창문에　　흐릿한 레이스
작은 반점의　　다이아몬드들
푸른 에메랄드 커튼이　　눈앞에 어른거리면
벌써 날이　　샌 건가?
우린 유리창을 보며　　깨어난다

카러만에
새들이　　짹짹 지저귀면
놋그릇이 탁발 소리를　　울리고
장미향에　　취한
앳된 햇살이　　하루의 시작을 알린다

어떤 이가　　'스튜 떨이요!' 하니
다른 이가　　'삶은 완두콩!' 하고
또 다른 이가　　'삶은 찹쌀밥!' 하는
소리가 거리에서　　들려올 때

내가 일어나 있는　　　　시간
땡인처잉만灣쪽으로　　　　가도록
시계의 알람은　　　　다시 널 깨워주고
미와디는
군악 연주로　　　　열린다
띤 띤 튠Tint Tint Htun
'난 당신과 말하고 싶지 않아요　　　　더 이상'
아양을 떨면서

몬산産　　　　잘 말린 납작 콩
프라이에서 풍겨 나오는　　　　향기
검고 끈적이는　　　　고기만두들
벌꿀에　　　　살짝 담근
버세인산産　　　　마른 찻잎
끓는 물을　　　　섞은
튀긴 쌀밥
건조새우의 냄새　　　　향기로운 마늘을
집어 들어　　　　만끽할 수 있다

자 한 스푼　　　자 한 모금씩
내가 좋아하는 아침식사를
말토바와 곁들여 모든 식사를　　　끝내며

계단을　　　내려온
넌 머리를　　　수그린 채
자두나무 사이로　　　지나가며
산책한다　　　그러면 곧장
물소리가 쉴새없이　　　들려온다
사칸다로 가는　　　다리를 건너
마잉론 계곡에　　　엷은 안개가 가물거리고
집들이 늘어선　　　주택단지에선
사탕수수, 체이요트,　　　옥수수가
푸른 물결로 꿈틀대고　　　새싹들이 자라나고
열차 궤도가　　　일정한 거리를 두고
길을 찾고, 난 지팡이로　　　그걸 느낀다
가시덤불들　　　물망초들이

제비꽃을    뒤덮고 있고
난 인핀 골목에서    뒤돌아간다
기찻길을 따라    내가 돌아설 때면
난  기차가  도착하는  시간이기를
그리곤 내 친구가    그 기차에서
날 알아보곤    안녕이라고 인사하기를
그 친구에게    손 흔들기를 얼마나 바랬던가

여기는    메자가 아니다
문학하는 친구들이
시에 대하여    리듬에 대하여 떠들던
나보다    젊은 문학친구들
새싹들,    젊은 꽃들과
지나간 시대의 역사    야만과 문명을 논하며
난 더욱 젊어지고 있다

집으로 오는 도중에
급류가    점점 거칠어져

공포심을 자극한다. 행여 홍수나는 건 아닐테지?
난 발걸음을 빨리 재촉한다　　　그리고 빙긋 웃는다

내가 시장으로　　　걸어가면
오일마다 서는　　　어느 장터
진열대엔　　　채소들이 널브러져 있고
장바닥　　　길모서리에
겨자와 당근　　　싱싱하고 말랑말랑한 오렌지들을
스쳐 지나가는　　　관광객들이
달러로　　　사고 있다
그들과 미소를　　　주고받는
이는　　　팔라웅의 젊은 소녀이다

팔라웅 시장에서
이리저리　　　왔다 갔다 하고
카메라를　　　찰칵거리며
즐거운 표정의　　　유럽인들

자신들의 문화　　안에서
꾸밈없고　　성실한 이들
손으로 짠　　소박한 면제품을
붉고 푸르게　　물들여 입은 사람들
시장에서　　돌아오는 길
립스틱들　　탤컴 파우더[1)]
빨간 장난감들,　　파랗고　노오란
자레비[2)],　　사탕과자 아이스크림
바구니를 든
늙은이와 젊은이들　　그들이 마시는 슬링[3)]
붉은 터번식 모자들과　　위엄있는
팔라웅 농부들이
파인애플 사이를 지나　　귀가한다

잠자리로　　가서
일기장에　　내 목소리를
막 기록하려고 할 때　　개가 짖자
난 일기 쓰는 걸　　급히 그만 둔다

그러면 에메랄드빛　　　달과 별들
푸른 빗방울과　　　바람에 실려 오는 향기들
아름답고,　　　평화스런 꿈들

1) 활석 가루에 붕산·향료를 넣은 화장품.

2) 콩으로 만든 인도 음식.

3) 진gin 따위에 설탕·탄산수·향료 등을 섞어서 차게 마시는 음료. [이상 번역자 주]

# 어머니 상

인류의
초창기부터
남자와 여자는
그 본성이 달랐다
그리고 그 존재형식은 다양했다
그래서 창조물들은 결코 같은 여성이
아니다

유전적이고 생물학적인
어머니 역할을 북돋는
자궁을 가져라–
생명의 꽃들을 잉태하는

우리가 사랑을 하듯이
사랑의 꽃가루는 향기로운
바람의 향기 따라 밀려오고
수꽃가루와 암 씨방들이
여름이 다가왔을 때 숲속에서

만나 몸섞고, 어리숙한
핏덩이는 성숙하게 되고, 점차로
세포들은 자라고 또 번성해
수십억 배로 증식시킨다–
사랑의 꽃으로 치장한 보석을

어머니는
정말로 인간상을 창조한
조각가

어머니는
정말로 그 윤곽을 그린
화가

어머니는
평화로운 은신처 가정을 설계한
건축가

어머니는
정말로 고귀한 마음을 키워주는
영혼의 엔지니어

어머니는
정말로 건강과 힘을 주는 우유를 먹이는
의사

그렇듯 어머니는 거룩한 의무를
결코 저버림 없이, 어깨에 짊어지고 있나니
이 위대한 영예의 수상자인
어머니여 난 그대에게 경의를 표하네!

## 불 꺼진 밤

그 밤
처음, 아무것도 보이지 않았지
갑자기
불이 꺼졌고-어둠이 밀려왔지
더듬거리며 난 내 손을 뻗어
여리고, 부드럽고, 향기롭고, 가냘프며,
따스한 손가락 끝을 내가 쥘 수 있었을 때
그건 커다란 위안-사랑의 신호
아아, 그건 내 진정한 은인이었어!

불 꺼진 밤
순간들이 지나고, 어둠의 베일이 걷힌 후
당신들이 자세하고, 주의 깊게 보았던
그대로 거기 놓여 있는 모든 사물들
네가 저녁 불빛, 별빛, 에메랄드 빛 아래
너희들이 눈에 익은 것처럼 분명하게 보았던
그들의 위장과  등짝에
숨기고 도주시키는

고문기술자와  희생자들
연인들과 증오자들—
인간성의 천태만상이
벌거숭이로 드러나고 있다

# 오 세이지[1), 어떻게 된 일이지?

오 세이지!
넌 눈부시거나 가물거리는,
다채로운 색조의 아홉 가지 보석들,
두꺼운 레이스로 장식된 다이아몬드,
서로 뒤엉킨 루비들, 아라베스크식 연꽃들
속에 있었구나. 금 쟁반이 놓인 거기서 하프 줄을 뜯는,
그 악보를 누가 제공했던가?

조지 황제 폐하
군주의 대표자, 제왕의 봉인,
비단과 벨벳이 반짝거리는
왕궁의 그늘 속에서
짙은 바지를 입고 주홍빛 넥타이를 맨 채
지배층으로 군림한 자가
세이지, 그게 너란 말인가!

이 왕궁에서

일본 천왕 헤이카로부터
땅에 끄는 칼을 찬
총사령관 임명장을 받고
단숨에 정종을 잇달아 받아 마시면서
보인 부드럽고 밝은 미소와 인사는
널 두 번이나 뜻을 꺾게 만들었는데,
한 나라의 국가國歌 아시아의 태양이
울려 퍼지는 대형 홀에서 다시 너야!

이 왕궁의 대통령의 리셉션에
샹들리에 아래, 때 묻은 소파 위에
부드럽고 우아한 물결무늬 디자인을 반짝거리며
빛나는 분홍색 터번 모자들,
금실로 꿰맨 나일론,
설치된 네온, 푸르고 붉은 카펫,
가극의 흥행주, 라이선스 소개업자,
브로커, 상인, 군중들이 초청되었는데
왜, 넌 거기에 다시 포함되어 있는가!

혁명 기념일인,

이 왕궁에

춤과 조화로운 음악이 흐르고,

망치와 낫의 소리가 울려 퍼지고,

어떤 이는 타월 터번, 어떤 이는 푸른 자켓을 입고,

붉은 띠의 모자, 펄럭이는 별들,

빛나는 유제니아의 금빛 가지들이

즐비한데 이 지경에서 네가 눈에 띄다니

오! 다시 너냐!

1) 세이지Sage는 인명人名이자 현자 또는 국화를 의미하는 중의적인 단어로정권이 바뀔 때마다 변신해온 세이지란 인물을 풍자하고 있다. [번역자 주]

띤 모(Tin Moe, 1933~2007)

# 난 여전히 어린애

존경하는 어머니,

당신은 예순 셋에 세상을 뜨셨지요

오늘은 당신의 아들이 예순 세 살 되는 날입니다.

전 아직 당신의 은혜를 되갚지 못하고

당신 사랑의 그림자는 여전히 무한합니다.

전 아직도 부처님 찬가를 듣고 있지요,

당신의 순수한 가슴에서 흘러나오는.

제 아이들과 나누고 있는

지극한 사랑은 당신에게

물려받은 것이지요

제 아무리 퍼주더라도 금빛 은빛 사랑의 뭉치는

다함이 없습니다, 어머니.

사랑과 인정으로 넘쳐나는 당신의 두 눈은

제 가슴 속에 여전히 봉홧불처럼

반짝입니다, 어머니.

제가 몇 살을 더 먹더라도,

당신의 그늘 아래서

전 언제나 어린애, 어린애일 뿐입니다.

## 조지 인형

차창 곁에서
춤추면서, 왔다 갔다 하는,
조지 인형은
도대체 어디에서 그 동력을 얻는 거지?

조지는 요술지팡이를 틀림없이 갖고 있긴 해
하지만 확실히 허브를 갈아서
약으로 만들진 못하지, 그렇지 않나?
기계장치가 가동됐을 때만
스프링이 작동되어
왔다 갔다 할 뿐
춤출 때조차도, 거기에
꼭두각시 끈이 달려
차 밖을 벗어날 순 없지.

아직도
부귀와
행운을 가져온다는

믿음 때문에

영광된 자리에 벌서며,

거기에 매달려

춤춰야만 하는

그 팔자는 그 주인 팔자이기도 하지

# 모기들

내 주위에 모기들이 윙윙거리고 있다
모기떼가 여기저기로 날면서.
불을 켜고
난 예쁜 시 한 편 써야 하지만
내 마음은 편치 않다

한 마리 모기가 내 귀에 윙윙 거린다
"아직 민중들을 위한 시를 쓰고 있니?"
모기가 나를 진짜로
야유하는 것처럼 느껴진다

또 한 마리 모기가 모기장 위를
빙빙 돌면서
"어이 시인, 넌 아직도
이걸 시라고 확신하니?"
난  내 시가 설교나 경구,
그리고 선언문…은 아닐는지 두려워 한다
모기는 다른 시파詩派로 여겨진다

내 어깨 위 살짝 비친
삐쩍 마른 모기 한 마리가 요구한다
“네 시를
로맨스와 대화체로
만들어봐”

어느 날 밤
난 시 생각으로 멀뚱거리고 있을 때
수많은 모기떼들이
각기 다른 방식으로
내 머리 주위에서 윙윙거려
단 한편의 시를 쓰기도
힘들게 했지!
난 불을 끄고
자려 하지만
여전히 모기들이 날고 있다

# 시인의 꿈

내가 가진 보석이라곤 오로지 꿈뿐이다.

비록 다이아몬드도, 금이나 보석류도,
명망이나 권력을 가진 것도 아니지만,
난 결코 가난하거나 빈손이지도 않다.

난 당신들이 미래를 위한 희망이라고 불러왔던
꿈의 화물선을 갖고 있다.
내 방은 시장에 진열된 것처럼 향기로운
꿈들로 멋지게 꾸며져 있다

저녁 무렵, 난 다이아몬드와
에메랄드 빛깔을 한 현란한
색채의 한평생 꿈과
인간으로서 꿈을 나눠주려 한다.

당신들이 그걸 좋아한다면 가져가도 좋다
미래를 사랑하는 자들이라면

그 꿈을 가져가리라, 나는 안다
내 유일한 소유물인 하찮은 꿈을.
난 거저 주겠다, 그리고 하나의 소망이 있다면
당신들 모두 즐거운 꿈을 꾸기를!

마웅 스완 이(Maung Swam Yiy)

# 전지전능한 하느님께

늘 황금빛 광영 속에 거하시는
전지전능하신 하느님!
그러니까 당신은 지상에 딱 한번
방문하신 거지요 맞죠?
난 당신을 바라볼 때마다
의아하게 생각하고 있네요.

전지전능한 하느님은
들을 수 있는 두 귀를 갖고는 있죠
하지만 제 권능에 관해 듣듯이
두 귀를 쓰진 않으시군요

전지전능한 하느님은
말하는 입을 갖고 있죠
하지만 제 권능을 말할 때처럼
그 입을 사용하지 않으시군요.

전지전능한 하느님은
보는 눈을 가지고 있지만
오 맙소사! 제 권능을 지켜볼 때처럼
눈을 쓰진 않으시네요
당신은 권능을 갖고 있어
입과 귀, 눈들이
필요 없지요
쓰지도 않아도,
당신은 괘념치 않겠지요.

그러나 난 초자연적인 권능을 못 가진 자
난 그걸 가져야만 해요,
그걸 갖기를 간절히 원해요,
그리고 그걸 갖게 되면
쓸 수 있길 원해요.

난
힘없는 존재

난 하느님이 되길 바라진 않죠
단지 난 분명하게
말하고, 듣고 보기를 원할 뿐이죠.

# 버스 정류장에서

젊은 남자,　　결혼한 남자,
겸허한 젊은 승려,　　오만한 승려,
소경,　　눈 큰 사람,
미치광이,　　거지,
독지가,　　초심자,
연금생활자,　　거렁뱅이,
학생,　　교사,
입주가정교사,　　사무원,
예쁜이,　　못난이,
강도,　　소매치기,
바보,　　현자,
세탁업자,　　세탁부婦
주부,　　본처本妻,
사장,　　달인,
고참,　　신참,
청년,　　중년,
목마른 이, 배고픈 이,　　아픈 이,
흰 얼굴, 검은 얼굴,　　붉은 얼굴, 푸른 얼굴이,

달리기 시작해,　　서로 다툰다,
곧 도착할　　버스를 기다리며,
도로 위에,　　함께 서 있다가.

눈 똑바로 떠,　　버스가 오기 전에,
버스가 왔을 때　　달려 나가려면.
잠시 쉬어　　버스가 오기 전에,
버스가 왔을 때　　뛰쳐나가려면.
네 곁에 있는 이가　　경쟁자,
당신이 가까이 오면　　당신이 경쟁자,
버스가 늦으면,　　버스가 적수,
버스를 놓치면,　　버스 역시 적수,
배가 고프면,　　고픈 배 역시 웬수,
고무샌들을 걷어차면,　　고무샌들 역시 웬수,
곁에 있는 이를　　화나게 해봐,
무단승차를　　시작해,
소란스러운,　　이 전쟁을,
넌 피해 갈 수 있을 거야,　　그리고 옆으로 비켜

서선,

그리고, 조용히, 시 한편 써볼래,     사람들이
네게 부딪쳐올 때     그리고 네가 거의
사롱을 떨어트릴 뻔한 때를     생각하면서.

## 역사학자의 한 마디

구중궁궐의 한복판 작은 숲
그 숲 어느 작은 나무 한가운데
그 나무 그늘 어느 관목 아래
그 관목 한 무더기 벽돌들 아래

산산히 부서진 벽돌들을
힘껏 잡아당겼을 때 그 속에서
아아 석상 하나 튀어 나왔네
누구나 그걸 보면 순종케 하는,
무릎 위에 마주잡은 손바닥을
얌전히 올려놓은 한 개의 석상이.

아아! 어떤 독재자가 무엇 때문에 한 인간을
돌로 만들어버리는 잘못을 범하는가?
그리고 얌전히 손바닥을 들어올린 채
무릎 꿇어 경배하게 하는가?
언제 그 자는 그의 자유를 얻을 것인가?

# 까마귀들과 개 한 마리

부처님께 음식물을
바친 제단 위 제물들이
엉망이 되어 있다

거기 고깃덩이와 물고기,
과일과 바나나가 놓여 있자,
"까악-까악" 까마귀 떼 몰려와
그 음식을 쪼아 먹거나 물고 간다,
아주 신이 나서.

그 음식물이 닿지 않은 한 마리 개는 그걸 물고가 즐길 수 없어
미쳐 날뛰며 뛰어 오르거나 땅바닥에 바짝 엎드린다
그 제단의 높이만큼 뛰어 오르기도 한다,
하루가 다 지나갈 때까지
계속 시끄럽게 짖어대면서.

찌 아웅(Kyiy Aung, 1936~)

# 궁궐의 동쪽

새벽녘 왕궁의 동쪽
속도의 검은 날개가
퍼덕거리기 시작하면
한 줄기 빛의 화살을
쏘아 보낼 시간

새로운 기록과
금빛 가시의 왕관을
(아시안 게임 마라톤에서)
장담하며 땀에
흠뻑 젖은 마라토너는
힘이 넘쳐나고, 그리하여
그는…어느 날 우승하리라.

걸어 다니는 지팡이
함빡 젖은 배불뚝이

뚱뚱하고, 비대한,
시대의 어느 부자는,
지방질을 녹여내고 체중을 줄이기 위해
규칙적으로 걷는다고, 말한다.

궁궐의 동쪽 낡은 자전거 한 대에
두 개의 계란 바구니를 건 젊은 여성이
카잉탄 시장을 누비다가
빠르게 페달을 밟고 사라진다-
곧게 뻗은 길 위에 찍힌 두 바퀴들.

왕궁 동쪽의 외곽 길
짐꾼, 일용 노동자,
거리 청소부,
괭이 한 자루,
빗자루 하나,
잡초를 뽑아내고
이파리들을 쓸어낸다.

순결한 사랑의
심장을 가진
그만이 홀로
어느 하루의
새로운 아름다움
어느 하루의
새로운 세계를
창조한다

새벽녘 왕궁의 동쪽
속도의 검은 날개가
퍼덕거리기 시작하면
한 줄기 빛의 화살이
새를 명중시킨다.

# 어느 날 마침내

마침내
증오는　　　　사랑이다

마침내
가장 먼 것이　　　　가장 가깝다

마침내
증오는　　　　사랑이다
손실은　　　　이득이다

새로운 정신, 새로운 극기 속에서,
사랑은,
여전히 늙지 않고,
네 젊은 모습 속에
가장 사랑스런 가수처럼 온다

## 사랑의 시

이 산등성이엔
사나운 호랑이들이 우글거린다
나의 사랑이여, 내게로 오렴,
죽순竹筍 뜯으러 가자!

## 네 개의 동상과 한 인간

첫 번째 동상이 말하네요
"난 거지야!"
오, 오 그래요, 그가 동냥하고 있군요.

두 번째 동상이 말하네요
"난 위대한 왕이시다!"
오, 오 폐하, 그가 응답하고 있군요.

세 번째 동상이 말하네요
"난 미의 화신이다!"
오, 오 좋아요, 그가 사랑에 빠져 있군요.

네 번째 동상이 말하네요
"난 사형집행인이야!"
오, 오 맞아요, 그가 그의 머리를 떨구고 있군요.

바라보고 있는 건 더 이상 한 인간이 아니예요.
모든 것이 갖춰진 인간으로 보일 수도 있지만

단지 동상에 의해 다시 새겨진
인간 동상 그 자체에 불과해요.

이것은 진짜 인간이 어떻게
하나의 동상으로 뒤바뀔 수 있는지 보여주고 있을
뿐이에요.

꼬 레이(Ko lay, 1936~)

# 겁먹다

승원 곁 연못
연못 곁 풀밭
풀밭 곁 암소
암소 곁 피리
어떻게 그걸 불지, 불지.

승원 곁 연못
연못 곁 단지
단지 곁 연꽃
연꽃 곁 인간
무슨 수로 그를 괴롭히지, 괴롭히지.

승원 곁 연못
연못 곁 수풀
수풀 곁 덤불
덤불 곁 엄니

엄니는 뭐라고 잔소리할까, 잔소리할까.

피리의 명수여,

저기 엄니가 있어,

다가갈 엄두가 안나, 나 돌아갈래!

# 축복의 아침

빵 가게 세인 친에서 반죽하거나
두드리는 걸 난 듣고 있는데-
내 작은 소녀야, 넌 일어나기나 했니?

우 꾸라 가게의 솥단지가
쉿 소리 내며 끓는 소릴 난 듣고 있는데-
내 작은 소녀야, 넌 일어나기나 했니?

더 마찌가 외치는
"여러분, 찐 콩, 찐 콩" 하는 소릴 난 듣고 있는데-
내 작은 소녀야, 넌 일어나기나 했니?

채소 실은 트럭이 덜컹거리고
시장길 호루라기 소릴 난 듣고 있는데-
내 작은 소녀야, 넌 일어나기나 했니?

그게 트랙터인지, 천둥인지?
남쪽 들판의 희미한 소릴 난 듣고 있는데-

내 작은 소녀야, 넌 일어나기나 했니?

그게 당밀 손수레인지, 참깨 손수레인지?
황소 몰이하는 막대소리를 난 듣고 있는데-
내 작은 소녀야, 넌 일어나기나 했니?

책 더미 너머로 구부린 머리는
영어공부 때문이니? 버마어 때문이니?
넌 앵무새처럼 외기만 하니? 아님 바로 끝냈니?
내 작은 소녀야, 넌 일어나기나 했니?

# 하얀 그리움

난 홀로 갈망하네
12월이여, 하지만 위대한 네 하늘은
푸르고
또 푸르며 투명하네

칼로 난도질하고
창으로 찌르고
총질을 해대건만
12월이여
너의 날들은 아직 푸르네.

죽을 사람이 죽어가고
피어있는 꽃들은 피어 있고
쌓인 안개가 쌓여 있고
춤추는 파티가 춤추고 있는
오 12월이여

저리 가버려다오!

저리 가버려다오!

12월이여, 그리고

네 위대한 하늘과 함께

네 모든 것과 함께 사라져다오

난 바로 내 그리움을 견디고 있을 테니!

# 뱅골보리수

처음엔
조금 굽은 곤두선
어린가지가, 세상을
공부하면서 논다.
비가 오거나 햇살이 내리쬐거나
바람이 불어오기 시작하면서
어린가지가 흔들거린다.

그 어린가지가
에메랄드빛 잎들을 폈다-
그 이파리들이 자라나고 달라져
보다 윤곽이 뚜렷해지고,
어린 형제들인
싹이 무럭무럭 자라나
수많은 씨족의 일원이 된다.
비가 오거나 햇살이 내리쬐거나
바람이 불어오기 시작하고
어린가지가 흔들거린다.

"작은 뱅골보리수여!"
자부심의 시작인
감싸고 도는 향기를
염소가 씹고
황소가 시험 삼아 들이박고
개가 다리를 들어올리고…
고양이가 숨으러 몰려들고
속이 빈 나무토막이 불 속에 던져지고
젊은 비둘기들이 잔치를 벌이고
쥐똥들을 쑤욱 쏟아내고
시든 가지들이 불쏘시개가 된다-
하지만 모두 살아남아 자라난다.

어떤 이는 모자들을 바치고
어떤 이는 꽃을 바치고,
어떤 이는 먼지를 털어내고
어떤 이는 청소를 하고
어떤 이는 쌀

어떤 이는 후추
어떤 이는 마실 시원한 물을 바친다
그들은 기도하기 위해 모여들고 있다
얼마나 순결한 예식인가!

마웅 띤 카잉(Maung Thin Khaing, 1940~)

# 기차는 떠나가고

연극의 끝-
노련한 배우들이
퇴장한다.

꿈의 날개를 가진
그들은-
어디로 가고 있는 걸까?

사랑이여,
생각해보라
모든 게 끝났음을
난 네가 처음부터
다신 그걸 볼 수 없음을
말해왔다
사랑이여,
넌 깨뜨리기 어려운 호두알.

네 두 눈을 감고

똑바로 가라

되돌아서지 말라

하지만 '앞으로 가' 만 아니야

뒤로 돌거나, 때로 한 번

두 번씩이라도 방향을 틀어야 해

아마도 거기에

'뒤로 돌아, 차렷' 하는

버스 차장의 철학이 있을지 모르는 일,

사랑이여,

너의 두 귀를 못 살게 굴어봐.

미가시 강둑 근처

환승역인

작은 시골 역에

금빛 바리때를 어깨에 받쳐 든 채

뚜와나따마[1)]가

집으로 갈

기차를 기다리고 있구나.

열차가 도착하고 있는데
열차가 들어오고 있는데
사랑이여,
한시 바삐
뚜와나따마를 만나볼 수 있기를
하지만 삐리옉카[2]와
만나지 말기를!

열차가 도착하고 있는데
열차가 들어오고 있는데
사랑이여,
넌 아직 모나리자 같은
방탄조끼를 입는 게
필요하지 않기를
열차가 도착하고 있는데
열차가 들어오고 있는데

1) 뚜와나따마Suvannasama는 인도 설화에 나오는 미소년으로 늙고 눈먼 부모를 봉양한 효자.

2) 삐리옉카Piliyakha는 사냥을 좋아했던 왕으로서 뚜와나따마를 사슴으로 착각하고 화살을 쏘았던 인물. [이상 번역자 주]

# 여행배낭 속에서 하룻밤을

보금자리로 돌아오는 새들처럼
땅거미가
침실로 뻗어가고 있다.

꾸벅 졸던
별들이
눈을 비비며
방금 깨어나고 있다.

달빛이
상냥하게 강의 뺨을
어루만진다

강줄기가
어린 소녀의 킥킥거리는 웃음처럼
달콤하게 감싸고 돈다

연초록으로 차려입었던
삼림지대가
아직은 꼴사납지 않은
짙은 녹색을 띠고 있다-
넌 새론 아름다움처럼
신록을 즐길 수 있다.

층층구름이
초승달 배가
구름의 바구니로 뒤집어진 곳으로
굴러 떨어진다
아름다움이 가난처럼
지배하는 어둠을 녹인다.
그의 사랑스런
가슴의 불빛과
떨어진 강이
방금 아프리카 북을 치기 시작한다.

숲, 강, 하늘은,
어둡고, 어둡고,
빛을 목말라하는 사람들이 있는 거기
내 시 한편을 보낸다.

저 멀리
깊은 숲에 불타오르는
빛나는 두 눈동자가
어둠에 구멍을 내고 있다
그리고
천둥을 치게 하면서…

## 호퐁 장날

안개속에서
매네 산맥은
빠르게 잠들지요-
푹 잠든 채
코까지 골면서.

막 다가오려는
새벽 빛,
짙은 어둠에
매네 산맥은 바이올린 연주를
하곤 하네요.

자 보세요!
모든 지역이
안개로 뒤덮여 있어요
자그마한 호퐁은
안개가 충분히 차오를 때까지
잠자고 있네요.

안개 밖으로
하얀 안개 밖으로
어두운 반점들이
갑자기 넘쳐나면서
호퐁의 아침은
체스 판의 나이트처럼 도약하네요
물소의 벨소리
파고다를 가득 채우는 기도자들이
내는 딸랑거리는 방울소리가
북풍에 따라 들려오곤 했던가요
오! 검은 반점들이여!

아, 더 가까이,
가까이, 천천히 더욱 가까이,
그리고선 갑자기

하나의 그림이며 한 편의 시인
민족 고유의 검은 의상

민족성의 표상인 빠오Pa-O가
호퐁 장날 눈에 들어오네요
새벽녘의 부드러운 햇살이
자그마한 호퐁,
어느 아름다운 겨울 아침,
세베스텐 농장들을
품에 끌어안은 채
안개와 다투고 있네요
매네산맥은 아직도
푸르스름하지 않고요.

조 삐인마나(Zaw Pyinmana, 1944~2000)

## 절정의 마흔 살에

쓴웃음 지었으리 당신이

내가 월말에

아내에게

말했던 소망,

먼지

검댕이

낡은 집

책들을

거기에 놔두길 원했는지

어땠는지 알았다면

–오래 사는 게 어려운 게 아니라

세상 끝까지 사는 게 어려운 것–

차라리 한 마리 바퀴벌레가 되었으면

# 내 머리칼이 희어진 이유

미래를
예언하는
작은 새여

그건 확실히, 확실히 전생
그래서 난
제각기 잘못된 미혹 빠졌던 거야

나는
실제 나이보다 꺾어서 말하는,
꺾어서 말하는 단계
넌 그런 날 동정해줘야 할 거야

그건 확실한, 확실한 그늘
그래서 난
침대를 바꿔야 해

## 내가 샴페인을 마신 밤

그건 전혀 꿈이 아니에요
난 그걸 매우 잘 기억해요
달조차 숨죽인 그 밤
꼰 끈 같은 한 줄기 길을
바로 그때에 갑자기
하…
기꺼이 날아온 한 개의 화살이
부르르 떨며 날아오고
(흠, 그건 나라고 생각하지요)
아무 것도 묻지 못한
아름다운 소녀를 마치 알고 있었다는 듯
미소 짓는 것처럼 보였지요
흠, 내가 생각해왔던 단 한 가지는요
그녀가 미련 없이 떠나갈 것인가
아니면 내가 그녀의 꽁무니를 따라다닐 것인가요?

마웅 처 네(Maung Chaw Nwe, 1949~2002)

## 길모퉁이

고통은 일기장.
행복은 이것저것 골라 먹을 수 있는 스낵바
애인은 부드러운 미풍에도
멀리 떠나가는 스카프
농담은  반전과 놀리기의 일종
인생은 칼로 난도질한 산 물고기
신념은 하나의 강처럼 지류支流로 갈라지기보다
과일처럼 노출되는 것
감정은 폭포나 종이 연鳶
여행 배낭 속에
숲과 산을 쑤셔넣고
고향을 창조하듯
구름을 몰고 오는
세상은  위대한 여행가
죽음은 평생을 같이 하는 술 친구

# 음악

길가에 곤히 자던 개가
갑자기 차에 치여
두 다리가 아주 바수어졌지만
그 불쌍한 중생은 너무 아파
캥캥거릴 줄조차 모르고 있다
그 숨소리를–작은 두레박이
깊은 우물로부터
끌어올리고 있다

## 영화

애인을 만나기 위해 외출하는 건
집 안에선 네가 깃들 만한 곳이
없다는 걸 알게 될 때
일인용 베개의 공동묘지를 경험한 그날 밤
넌 그 밤을 저주했다  말하리
그리고 안녕이라고 말하면서
바로 그 밤 그 밤에
나이트클럽으로 갔으리

# 집

투명한 합성수지에
난 구름을 그리고
구름으로 만든 집 안에 들어가 있다
아무리 발버둥쳐도 난 지금 빠져나갈 수가 없다

# 잔잔한 행복

안개 낀 아침
센티멘탈한 뻐꾸기가 노래하며
여름을 훔쳐가고 있다

# 먹이의 길

난
세상의 소리에 귀 기울이는 한 마리 토끼
날이면 날마다
먹을거리를 찾아 매순간 굴 밖으로 나온다
작은 식물들과 풀잎을 뜯어먹으며
난 지금
굴 밖에 나와 있다

몰이꾼과 사냥개들이 덤불을 두드리고 있다
먹이의 길을 따라 내 굴속으로 가거나
올가미로 들어간다
나의 진실이 내 인생을 이끌어가고 있다

# 물고기

내 인생 전부
난 결코 한 마리 물고기도 잡아본 적 없다
그런데 보라구
내가 한 마리 잡았을 때

그건 거대한 우주 그 자체다
그걸 끌어올리면서
내 낚싯대는
무지개처럼 휘어지고
이번에 내가
낚이고 만다

아웅 체임(Aung Cheimt, 1948~)

## 1975년 하늘 아래

여기
작은 담 구멍 하나로
다가오는 날들을 샅샅이 엿보기 위한
한 줄기 빛이 맹렬히 타오른다

8월의 날들은
판소탄의 길가 찻집
33번가 끝에 있는 찻집과 함께
문을 닫는다

우리가 결코 싫증 내본 적 없는 도시 양곤
전쟁 전 그 남자의
산문처럼 걷는 소녀
115파운드 중량의 음계를 가진
노래의 문화들
모든 것에 감사할 뿐

내가 나이를 먹어간다고?
쓰잘 데 없는 소리
처음부터 잘못된 선택이라면
혼자 느긋하게 결정하기 어렵다면
거기서 넌 더 이상 얻을 게 없다
넌 날 질투할 이유를 갖고 있다

세상에서
영원히 필요로 하는 건
정직(혹은 최소한도)
믿음직한 전신거울
사람들은 강인하게 견뎌내야 한다

오 타르칠한 길이여

그 이름들을 더럽히지 않도록 하라
내일 바로 이 시간에

무언가
확실한 보폭으로 다가오리니

기쁨에 찬
태양의 장갑이
보석과
밝은 색깔
셔츠 디자인을 고른다

하찮은 약속에도
틀림없이 다가오너라
그와 난
너와 만나는 걸 대환영이니.

# 좋아하는 시인 1

꼴사납게도, 녀석이 입고 있는 티셔츠는 나와 같은 푸른 티셔츠. *사랑을 세일합니다*-보닌(Boney' n)상표를 도용한-란 로고와 슬로건을 달고 있다. 그는 제 나이를 고려치 않는다, 얼마나 뻔뻔스러운지.

이 녀석은 지난 십년 동안 한 명의 친구도 보태지 못했다. 그와 터놓고 지내던 세 사람이 그를 떠나갔다. 그는 커피숍에 홀로 있다. 자리에 앉을 때 그는 항상 자신의 무릎을 꼰다. 일어날 땐, 제 양손을 허리에 댄다. 분위기에 젖을 때, 그는 시를 쓴다. 그는 매우 심각한 표정을 한, 남자로 보인다.

그 어떤 하찮은 것도 그냥 지나치지 않는다. 그와 필적할 자는 한 손가락에 꼽을 정도며, 그는 항상 신중하다. 모든 시간을 신중하라. 나는 황공하게도 이걸 알고 있다. 이 소리는 콧방귀 뀌거나 비웃는 그 어떤 것이리라.

하지만 그는 확실한 두 친구 또는 동료를 갖고 있다. 만일 네가 내 마누라를 포함시킨다면 세 명이랄까. 쓸 돈을 벌어라. 배고프면, 서로들 나눠 먹어라.

육체 관계를 할 수 있는가. 싸움을 걸 수 있는가. 다른 사람들을 조금만큼도 존중하지 않는다는 생각을 계속할 수 있는가. 깔깔거리며 웃을 수 있는가. 슬퍼할 수 있는가. 예술을 몹시 사랑해 왔던가. 꼴사나운 녀석이 지금 막 거릴 가로질러 다가오기 때문에, 차라리 난 내가 쓰고 있는 시를 중단하는 게 낫겠다.

 됐다.
 우린 서로의 거울이 아니던가
 이쯤 해두자.

## 좋아하는 시인 6

볼 아웅 쩌의 거리, 큰 나무
떨어진 이파리들 번쩍거리는
우리들의
차량들

시간들, 소녀들,
불가능성들,
꾸민 말들과
돈

그리고 우기雨期, 청량기淸凉期,
혹서기酷暑期, 꽃들

그리고 책들, 소설들
영화사 바리에티, 쉬마와, 뛰이떡,
미와디, 응이따이, 모웨이,

그리고 차, 술들

폭죽들, 손톱손질사의 도구들
22일 도착
23일 도착

그리고 “난 어디에?, 어디에?”
“난 어디에?”
내 자신과 숨바꼭질 하면서

타워, 이코노믹급
스트랜드 호텔

와지, 세 키 에이, 세 라 민
대중용 빠뛰세르-이상무.

2005년 12월

뚜카메이 라힝(Thukhamein Hlaing, 1948~)

# 문신 1

한때
손에 문신한 친구 일행이
여행을 떠났다
그들의 팔뚝에
세계지도 문신을 하고서

스무 해가 지난 후
두 명이 죽고
세 명이 살아남았다
생존중 1
병환중 1
도망중 1

마침내
깨달았지
우리 말고

세상의 아무에게도

세계지도 문신이 없다는 걸

## 문신 2

오른쪽에 바다
왼쪽에 하늘
날거나 항해하면서
거기로 달려간다.

가슴 속에 우주는
전쟁을
숲과 산들이 감추고 있는
수많은 불의의 재난을
사랑한다

잃어버린 노래가 떠오를 때
사랑은
연속적인 사랑의 일격을 위한
브러쉬다

# 연인

우리집 지붕 너머
형형색색의 산들–
거짓말하기 좋은 저녁

'물' 을 불로 착각해 왔던
상징의 세계에서 난
모든 걸 포기하면서
내 자신을 바꿔야만 한다

그래, 난 이제 그걸 깨달은 자
무자비하게 헤딩해 왔던
내 축구는
오로지 나의 쉼 없는 활동이었을 뿐
뭐 대단한 희생이 아니었으리라

# 항구

물결 일지 않는
재스민 향기가 넘치는
흠 없는 바다

사랑을 운반하는 것 외에
상륙하거나 급수한 적이 전혀 없는
무지개 보트

그 항구엔
미움도
전쟁도
한때 획득하려 했던 진실도 없네
더 이상 진실에 대한
논쟁조차 없네

킨 아웅 에이(Khin Aung Aye, 1956~)

# 슬픔은 역사로 돌아온다

다가오는 어떤 해는 뻔뻔하게도
틀린 시간을 보여주는 불량한
시계 같은 것일 수도 있지.

똑바로 보라구.
말들이 꽃봉오리처럼 내미는 걸.
열병에서 벗어난 환자처럼 네 주위에서
일어난 일들을 가만 지켜보라구.

그건 말야,
혼란스런 진실 그 자체인
한 인간인 날 놀라게 하는 전신 거울.

지금 난 강둑 근처에서
빛나는 별들을 모우고 있는 중이야.

## 어느 침묵하는 영혼의 책

난 학생들의 지리책 속에서 읽고 있다
난 긴 인류사 속에서 읽고 있다
난 망고나무와 작은 빗방울로부터 읽고 있다
난 내가 바다에서 표류한 날들로부터 읽고 있다
난 내 감각을 마비시켜온 사건들로부터 읽고 있다
난 나를 불행에 빠져들기 전 2분 속에서 읽고 있다
난 요정담과 인공위성 뉴스 속에서 읽고 있다
난 믿을 수 없는 행운의 기만적인 속임수 속에서 읽고 있다
난 지속될 수 없는 어떤 삶의 전환점 속에서 읽고 있다
난 무대 위의 벨벳 커튼과 액션 뒤에서 일어난 것들을 읽고 있다

나는 읽고 있다
아주 많이 읽고 있다

난 이런 일들을 말하려 애써왔지만,

날 제발 용서해다오.
어느 침묵하는 영혼처럼 다른 이들이
듣거나 알도록 하는데 무기력할 뿐이니

# 향기

날마다
우린 성공적으로 교훈을  주고받아왔지.
곧바로 알약 같은 삶을 삼키거나,
줄자로 시간을 재지 말라고.

쉿 조용히! 자 와서 보라구!
너의 불가사의에 목소리를 실어봐 (하지만 신중하게 입 다문)
마술적인 힘으로 너의 불가사의를
실현하도록 노력해봐.
그걸 폼 나는 옷을 꾸미는데 사용해봐.

우린 추궁하는 것이 필요해
모든 경쟁이 또 다른 상실을 의미하는 것인가? 라고.
우리가 말한 말들이 낙엽처럼 떨어지고 있어,
하나의 낙엽이 지면, 연달아 낙엽이 지는.

높은 곳에서 내려다보길 바래.
그러면 세상은 그렇게 추악하지만은 않아.
때때로 우린 꿈꾸어야만 해
달콤한 꿈들을.

이 게임이 끝나기도 전에
여행이 길 수도 짧을 수도 있다구?
여보게 친구여,
넌 바람 속에서 어떤 향기를 찾아야 해.

## 어떤 외침

어느 날
달이
지구를 내려다보다가
한 마디 말을 하네
'부황난 세기들을 빼곤
다 쓸모없는 것들' 이라고
그리곤 침묵하고 있네
(달이 사람들을 지켜보고 있다)

난 어떤가 하면
내 입술에 두 손을 대고
'아이고 저런!' 비명을 지른다.
입천장을 긁어낸 소리가
대우주의 한 벽에 메아리로
울려 퍼지길 기원하면서

## 옮긴이의 말

시의 번역이 가당키나 하는 것일까. 대다수 한국인에게 여전히 멀고 낯설기만 할 버마 현대 시인들의 시를 번역하면서 느낀 자괴감은 이루 말할 수 없다. 버마어가 지닌 시적 언어의 오묘함과 리듬감을 맛보기는커녕, 번역을 거치면서 행여 그 원뜻조차 제대로 전달되지 못하는 것은 아닌지 매우 두렵다. 게다가, 밑천이 짧기만 한 내 영어실력을 감안한다면 이 번역시집은 당초에  무모한 도전의 성격이 강하다 할 것이다.

하지만 그 어떤 개인이나 민족, 나라간의 번역이 서로의 차이를 전제로 한 대화이자 소통을 위한 몸짓이라면 사정은 조금 달라진다. 서로의 언어와 그 사용방식에 낯설 수밖에 없는 상황에서 한 국가의 경계를 넘어선 시적 교류나 시 번역의 과정에서 오는 막막함과 절망감은 매우 당연한 사태라고 할 것이다. 그러니까 모든 시들은 애초부터 번역불가능성 내지 수수께끼적인 성격을 함유하고 있으며, 그러기에 모든 번역은 처음부터 어긋남과 엇갈림의 가능성을 내포하고 있다. 번역자가 누구냐에 따라 달라질 수밖에 없는 것이 시의 운명이며, 그걸 알고 도전하는 자가 바로 번역자인 셈이다.

그러나 이번 번역 시집의 가장 큰 의의는 다른 데 있지 않다. 번역하는 과정에서 절실하게 느낀 바이지만, 모든 번역은 타자를 자기화하는 것이 아닌, 상대방의 목소리에 최대한 귀 기울이는 작업이다. 한 시인의 시들을 번역해갈수록 낯설고 이질적인 것으로 부딪혀오는 개인사와 그가 속한 사회의 역사와 전통을 이해하고 해석하려는 노력이 모든 번역의 가장 근본적인 필요조건이다. 모든 번역은 서로 낯선 이들 간의 차이 내지 번역 불가능성을 새삼 확인하는 것이자 그 한계와 경계에 대한 우호적인 접근 또는 자발적인 응답의 한 형태이다.

한국에서 최초로 발간된 버마 현대 시인들의 번역 시집 『어느 침묵하는 영혼의 책』의 의의는 단연 여기에 있을 것이다. 지난 2009년 11월, 한국에 초청한 바 있는 킨 아웅 에이의 동명同名의 시를 제목으로 한 이 번역 시집 발간의 첫 번째 목적이 그동안 낯설고 이질적인 버마의 시와 시인들의 소개에 있을 터지만, 더 깊은 차원에서 보면 이것은 폭정으로 여러 가지 곤경과 고통을 겪고 있는 버마인들의 목소리에 대한 귀 기울임에 다름 아니다. 그저 무심히 내뱉은 것 같은 시어나 낱말, 행간이나 부호 뒤에 숨어 있는 말하는 침묵, 또는 침묵하는 말에 대한 눈여겨봄 또는 애정 어린 공감이 그 목표라 할 수 있다.

그런 버마 시인들의 시들을 번역하면서, 그들 대부분이 자신의 역사와 전통에 대한 자부심이 크며, 대다수가 낭만주의적인 기질을 소유한 것으로 느껴진다. 따킨 꼬더 마잉의 「오지의 결혼식」이나 저지의 「조지」, 다공 따야의 「커러만灣」 등의 시들이 대표적이다. 대체로 그들은 자신의 전승이나 문화에 대한 애정과 긍지를 바탕으로 주변 사물이나 사건들을 재현하면서 짙은 향토애와 조국애를 보여주고 있다. 특별히 누구랄 것 없이 버마의 음식과 식물, 나무와 새들에 대한 그들의 집착과 애정은 미워하거나 투쟁의 대상일 수만은 없는 자신의 땅과 강물, 하늘과 바람에 대한 일종의 헌사의 성격을 띠고 있다.

그렇다고 그들이 세계 유일의 군부독재체제를 유

지하고 있는 자신들의 조국과 전통에 무조건적으로 지지를 보내는 것이 아니다. 마웅 스완 이나 저지의 시들처럼 그걸 직접적으로 풍자하거나 알레고리화하는가 하면, 매우 은밀하고 간접적인 형태나마 그에 대한 저항이나 슬픔이 내면화되어 나타난다. 예컨대 틴 모에가 그의 시 「모기들」에서 "어이 시인/넌 아직도 이걸 시라고 확신하니?"라고 말했을 때, 숨막히는 정치와 문화적 환경 속에서 극도로 신경질적이고 예민해진 자의식이 느껴진다. 또한 킨 아웅 에이 시인이 자신의 시 속에서 "나의 감각을 마비시켜온 사건들로부터 읽고 있다"(「어느 침묵하는 영혼의 책」)고 말할 때 우린, 피로 얼룩진 버마 현대사가 한 개인에게 남긴 상처와 아픔을 함께 공감하면서 전율할 수밖에 없다. 유난히 그들이 자주 사용하는 시어인 달과 별, 안개와 꿈들에 담긴 낭만주의적 열정과 낙관적인 정신은, 역설적으로 버마인들이 공통적으로 겪고 있는 비참한 현실과 이상적인 사회와의 간극을 나타내고 있다고 할 것이다.

그럼에도 불구하고 그들의 시들은 전통주의 내지 정치의식 등 편내용주의에 함몰되지 않는다. 버마 현대문학의 제1세대인 따킨 꼬더 마잉의 시 「오지의 결혼식」에서 보여주듯이 과감한 띄어쓰기랄까, 독특한

행 배열은 버마 현대시가 초창기부터 형식면에서도 시적 자유를 향유하고 있었다는 것을 보여주며, 이는 다공 따야의 「커러만灣」, 마웅 스완 이의 「버스 정류장에서」, 코 레이의 「겁 먹다」 등의 시들로 나타나고 있다고 할 수 있다. 또한 틴 모에나 마웅 처 네, 마웅 틴 카잉, 조 삐인마나, 아웅 체임이나 뚜카메이 라잉처럼 순도 높은 서정의 시들을 보여주고 있는 바, 이는 타고난 인간성과 더불어 그들을 둘러싼 훼손되지 않는 버마의 자연 환경이 크게 작용하고 있다고 생각된다.

이 번역시집은 주로 버마 왕족 출신으로 시비평가이자 번역가인 마웅 타 노에가 지난 2008년 영역英譯하고 편집한 『버마 시 선집Burmese Verse a Selection』을 원본하고 있다. 하지만 부분적으로 본명이 우 윈 뻬U Win Pe인 마웅 스완 이가 영역한 작품이 섞여 있는데, 따킨 꼬더 마잉의 「세라 영을 기리며」와 「희생자 묘역」, 저지의 「히아신스 피어 있는 길」, 민뚜운의 「삐인마 그루터기」가 여기에 해당한다. 그밖엔 모두 마웅 타 노에가 영역한 시들이다. 하지만 지난 2008년 한국·버마 합동시집 『멀리 사라지는 등이 보인다』에 번역돼 실린 시들 가운데 일부 시인들의 작품은 재수록하지 않았는데, 버마 국내 사정으로 최소한의

프로필조차 확인되지 않거나 보내온 작품이 한 두 편에 그친 사정도 크게 작용했음을 밝혀둔다.

우연찮은 계기로 '버마를 사랑하는 작가모임'을 결성한 이후 활동하다가, 본의 아니게 번역자는 국내 문학지에 버마시를 번역하고 버마 문학을 소개하는 역할을 맡은 바 있다. 그러면서 '버마를 사랑하는 작가들의 모임' 회원들을 중심으로 현재 망명 중인 마웅 소챙 시인과 킨 아웅 에이 시인을 초청해 문화교류의 밤 행사를 가진 바 있으며, 소액이나마 매달 국내에 거주하는 최고령 원로시인이자 맹인이기도 한 다공 따야(91세)와 버마 국내문인들의 문집 발행을 지원하고 있다. 또한 몇몇 회원이 개별적인 차원에서 매달 후원금을 내고 있으며, 내년에도 한 두 명의 문학인을 초청해 국내 거주 버마인들과 활동가들과 함께 한국·버마문학 문화교류 행사를 진행할 예정이다.

버마현대시인들과 시들을 번역하면서, 나는 서로 다른 언어로 번역되는 과정에서 가장 큰 장애물이 다름 아닌 그 한 시인이 속한 사회의 역사와 전통이라는 걸 깨달았다. 모든 시인들의 시어 하나하나가 공동체 또는 민족의 삶과 역사와 무관한 것이 아니라면, 그 나라와 사회의 역사에 대한 공부와 이해가 모든 번역의 기본 조건이라는 걸 알게 되었다. 끝으로 버마작가들과의 만남에 있어 결정적인 역할을 해온 NLD한국지부 조모아 부총무와 '버마를 사랑하는 작가들의 모임' 의 총무 박윤일 시인, 이 시집이 나오는데 도움을 준 한국문화예술위원회의와 '버마를 사랑하는 작가들의 모임' 회원들에게도 똑같이 큰 감사의 인사말을 전한다.

버마 현대 시인 시선집

어느 침묵하는 영혼의 책

초판1쇄 찍은 날 | 2010년 1월 20일
초판1쇄 펴낸 날 | 2010년 1월 25일

엮은이 | 마웅 타 노에·마웅 스완 이
옮긴이 | 임동확
펴낸이 | 송광룡
펴낸곳 | 문학들
등록 | 2005년 8월 24일 제2005 1-2호
주소 | 503-821 광주광역시 남구 양림동 24-18번지 2층
전화 | 062-651-6968
팩스 | 062-651-9690
전자우편 | munhakdle@hanmail.net

ISBN 978-89-92680-35-6 03810

· 이 번역 시집은 한국문화예술위원회의 지원을 받았습니다.